국어과 선생님이 뽑은

한국문학읽기
한국고전읽기
세계문학읽기

국어과 선생님이 뽑은

운영전

dskimp2004@yahoo.co.kr 엮음

북·앤·북

국어과 선생님이 뽑은 **윤영전**

하늘이 맺어 준 인연 은 다하지 못하는데…

초판 1쇄 | 2008년 3월 15일 발행

지은이 | 작자 미상
옮긴이 | 이정민
엮은이 | dskimp2004@yahoo.co.kr
교정 | 이정민
디자인 | 인지숙
일러스트 | 김한걸 · 이혜인 · 주승인
펴낸이 | 이경자
펴낸곳 | 북앤북

주소 | 서울 마포구 망원1동 380-57
전화 | 02-336-9948
팩시밀리 | 02-337-4315
등록 | 제 313-2008-000016호

ISBN 978-89-89994-38-1-04810
잘못된 책은 구입하신 서점에서 바꾸어 드립니다.

이 책에 수록된 작품의 표기는 '한글 맞춤법'의
규정을 원칙으로 하되 작가 특유의 문체나
방언 등은 원본에 따른다.

하늘이 맺어 준 인연은 다하지 못하는데…

 에게 드립니다

운영전 미리보기

선조 34(1601)년 봄, 선비 유영이 안평대군(세종대왕의 셋째 아들)의 옛집이었던 수성궁에 놀러 갔다가 술에 취해 잠이 들었다. 잠에서 깨어난 유영은 안평대군의 궁녀였던 운영과 운영의 애인이었던 김 진사를 만나 그들의 슬픈 사랑 이야기를 듣는다. 궁중에 갇혀 사는 궁녀의 몸인 운영과 김 진사는 특의 도움으로 수성궁의 담을 넘나들며 사랑을 속삭인다. 운영이 수성궁을 떠나려고 하지만 그들의 목숨을 초월한 모험적인 사랑은 결국 안평 대군에게 탄로가 나 운영은 자살을 하고 만다. 그날 밤 김 진사도 슬픔을 억누르지 못해 식음을 전폐하다가 죽음을 맞는다. 운영과 김 진사는 죽기 전에 자신들의 비극적인 사랑을 기록한 책을 유영에게 주며 영원히 전해 달라고 한다. 유영이 잠에서 깨어 보니 두 사람은 간 곳이 없고 귀책(鬼責)만 남아 있었다.

운영전 핵심보기

《수성궁 몽유록》 또는 《운영전》이라고도 한다. 조선 시대의 고대
소설 중에서도 남녀간의 애정을 미화한 대표적인 작품이다. 뿐만
아니라 결말을 비극으로 처리한 유일한 소설이다. 사건 전개에
사실감이 있어 《춘향전》보다 격이 높은 염정 소설이다.

이 작품에서는 유영이 김 진사와 운영을 만나 그들의 비극적인 사랑
이야기를 듣는 부분이 유영이 술이 깬 후에 이루어진다. 다시 말해
유영이 주인공들을 만난 것이 꿈속에서가 아니라 현실 속에서
이루어진 것이다. 그러나 김 진사나 운영이 이미 죽은 사람이었다는
점에서 유영이 이들을 만난 것은 환상이라 할 수 있다. 따라서
작품에 더욱 현실성을 부여하려는 《몽유록》이 발전된 형식이라 할 수
있다. 이 작품을 일명 《수성궁 몽유록》이라 부르는 것도 바로 이
때문이다. 몽유록은 일반적으로 액자 구성 방식을 취하고 있다. 이
작품에서도 유영에 관한 이야기가 작품의 외화라면 김 진사와 운영에
관한 이야기는 작품의 내화라 하겠다.

베옷에 가죽 띠를 맨 선비는 신선과 같은데

늘 바라보건만 어찌하여 인연이 없는고

솟는 눈물은 얼굴을 씻고
거문고를 타니 원한은 줄에서 우네

가슴속 원한을 머리 들어 하늘에 하소연한다

운영전

하늘이 맺어 준 인연은 다하지 못하는데…

조선 세종황제(世宗皇帝)에게 팔대군(八大君)이 있었다. 그중 안평대군(安平大君)은 인물이 출중하고 재기(才器)가 탁월하여 팔대군 중에도 으뜸의 지위를 차지하여 세력이 당대에 제일이었다.

그의 옛날 집은 수성궁(壽聖宮)으로 장안의 서쪽 인왕산(仁王山) 아래에 있는데 산천이 수려하여 용이 서리고 호랑이가 앉아 있는 듯했다.

사직(社稷)은 인왕산
남쪽에 가까이 있고
경복궁(景福宮)은 동쪽
에 있으며 그 앞에는 육조(六曹)가 좌우에 있었다.
인왕산의 산맥이 굽이쳐 내려오다가 수성궁이 있는
곳에 이르러서는 높은 봉우리를 이루었다.

비록 험준하지는 않지만 올라가서 내려다보면 장안
의 저택들은 바둑판과 같고 하늘의 별과 같아서 일
일이 헤아릴 수 없고, 베틀의 실오리가 갈라진 것
과 같이 정연하니, 시가(市街)의 정제(整齊)함을 가
히 알 것이다.

동쪽에 있는 수성궁의 동산이 아득하니 구름과 안
개가 아침저녁으로 푸르름을 더하여 가장 아름다운
경치를 보여주고 있었다.

대군은 소인묵객(騷人墨客, 시문과 서화를 일삼는 사
람)과 노래 부르는 아이들 데리고 그 위에 올라가
서 놀지 않은 날이 없었고, 풍월을 읊으면서 즐기
느라고 집으로 돌아가는 것조차 잊을 때가 많았다.

남대문 밖 청파사인(靑坡士人) 유영(柳泳)은 이 동산
의 아름다운 경치를 익히 듣고 있었으나 의복이 남
루하고 얼굴빛이 창백하여 유객들의 비웃음을 살까
염려되어 행차하려다 주저한 지가 오래되었다.

만력 신축 춘삼월 보름에 탁주 한 병을 샀으나 종
도 없고 친구나 아는 사람도 없이 술병을 차고 홀
로 궁문으로 들어가 보니, 구경 온 사람들이 서로
돌아보고 손가락질하면서 웃지 않는 이가 없었다.
유생은 부끄러워 몸 둘 바를 몰랐으나 곧 후원으로
들어갔다.

높은 데에 올라 사방을 바라보니 새로이 병화를 겪
은 후라, 장안의 궁궐과 성안의 화려한 집들은 자
취를 감추었다. 무너진 담도, 깨진 기와도, 파묻힌
우물도, 흙덩어리가 된 섬돌도 찾아볼 수 없었다.

풀과 나무만이 변함없이 우거져 있었고, 오직 동쪽의 회랑 두어 간만이 우뚝 남아 있을 뿐이었다.

유생이 만고성쇠한 옛 자취를 감회하면서 느린 걸음으로 서원으로 걸어 들어가니 온갖 풀이 우거진 그림자가 맑은 물에 떨어져 있고, 땅에 가득히 떨어져 있는 꽃은 바람이 살랑살랑 불 때마다 향기가 코를 찌른다.

유생은 바위 위에 앉아 소동파가 지은 시구를 읊으며 가지고 온 술병을 풀어 다 마시고는 취하여 바위 한 모퉁이에 머리를 의지하고 자기도 모르게 깊이 잠들었다.

잠시 후 술이 깨어 얼굴을 들어 살펴보니, 유객은 다 흩어지고 동산에는 달이 떴으며 안개는 버들가지를 포근히 감싸고 바람은 꽃잎을 어루만지고 있었다.

이때 부드러운 말소리가 바람을 타고 늘려왔다. 유생은 이상하여 소리가 나는 쪽으로 가 보니 한 소년이 절세미인과 마주 앉아 있었다.

유생이 소년을 보고 물었다.

"수재는 어떠한 사람인데 낮이 아닌 밤에 노는가."

소년이 빙긋이 웃으며 대답했다.

"옛 사람이 말한 경개여고(傾蓋如故, 오랜 친구 사이처럼 친함)란 우리를 두고 한 말입니다."

미인이 조용히 누군가를 부르자 시녀 두 명이 숲 속에서 나왔다. 미인이 시녀를 보고 말했다.

"오늘 저녁에 우연히 옛 친구를 만났고 또 이곳에서 기약하지 않은 귀한 손님도 만났으니 오늘을 그냥 보낼 수 없구나. 술과 음식을 준비하고 붓과 벼루를 가지고 오너라."

시녀들이 대답을 하고 나간 지 얼마 안 되어 돌아왔는데, 마치 하늘을 나는 새와 같았다.

유리로 만든 주전자와 술잔 그리고 자하주와 진기한 안주 등은 인간 세상의 것이 아니었다.

미인이 노래를 부르며 술을 권했는데, 그 가사는 이러했다.

깊고 깊은 궁 안에서 고운님 이별하니

하늘이 맺어 준 인연은

다하지 못하는데 뵈올 길 없네

꽃피는 봄날에 그 얼마나 울었던가

밤마다의 상봉은 꿈이지 참이 아니네

지나간 일은 허물어져 벌써 티끌이 되었도다

공연히 나를 울려 수건을 적시게 하는구나

미인이 노래를 마치고 나서 흐느껴 울자 유생이 이상히 여겨 물었다.

"내 비록 양갓집에서 태어나지는 않았지만 어릴 때부터 학문에 관심을 두어 글을 좀 압니다. 지금 그 음조를 들으니 격조가 맑고 뛰어나지만 시상이 구슬프니 참으로 괴이합니다. 오늘 밤은 달빛이 낮처럼 밝고 바람이 솔솔 불어와 이 좋은 밤을 즐길 만한데 서로 마주 앉아서 슬피 우는 것은 무슨 일이오?

술잔을 나누면서 정이 두터워졌지만 통성명도 하지 못하고 회포도 풀지 못하고 있으니 또한 의심하지 않을 수 없구려."

유영이 먼저 이름을 말하고 강요하는 어조로 소년에게 이름을 물었다.

"성명을 말하지 아니하는 것은 사정이 있어서인데, 당신이 정 알고 싶다면 가르쳐 드리는 것은 어렵지 않지만 얘기를 하자면 장황합니다."

소년은 한숨을 길게 쉬면서 수심 가득한 얼굴을 하고는 한참 있다가 겨우 입을 열었다.

"내 성은 김(金)이라 하옵니다. 열 살에 시문(詩文)을 잘하여 학당(學堂)에서 유명하였고, 열네 살에 진사 제이과에 오르자 사람들이 김 진사로 불렀습니다.

내가 나이가 어려 호탕함을 능히 억누르지 못하고 또한 이 여인으로 하여 부모에게 불효자가 되었으니 이러한 죄인의 이름을 알아 무엇하리오까?

이 여인의 이름은 운영(雲英)이라 하고, 저 두 여인은 녹주(綠珠), 송옥(宋玉)이라 하며, 이들은 모두 안평대군의 궁녀(宮女)이었습니다."

진사는 여기까지 말하고 감개한 마음을 이기지 못하는 모양이었다. 진사는 운영을 돌아보며 말했다.

"벌써 성상(星霜)을 옮긴 지 몇 번인데 그때의 일을

그대는 기억하고 있소?"

운영이 수심 가득한 얼굴로 말하였다.

"마음에 쌓인 이 원한을 죽어서도 어찌 잊을 수 있겠습니까? 제가 이야기해 볼 테니 낭군님이 옆에 있다가 빠진 것이 있으면 덧붙여 주옵소서."

세종대왕에게는 여덟 왕자가 있었는데 그중 안평대군이 가장 영특했습니다. 그리하여 성상의 총애를 한 몸에 받아 농토와 재물이 풍족하고 여러 대군 중에 나았지요.

나이 서른 살에 사궁(私宮)에 나와 거처하시니 그 궁을 수성궁이라 하였사옵니다. 안평대군은 밤에는 독서를 하고 낮에는 시도 읊으시고 서예(書藝)를 하면서 잠시도 시간을 헛되이 보내지 않았습니다.

당시의 문인재사(文人才士)들이 궁중에 모여 그의 장단을 비교하고 혹 새벽닭이 울어도 그치지 않고 담론(講論)을 한 적도 많았습
니다. 대군은 필법이 뛰어나
나라에 이름이 알려졌지요. 문
종대왕(文宗大王)이 아직 세자
로 계실 때 집현전(集賢殿)의 여러 선비를 모아 안
평대군의 필법을 칭론하셨는데 중국(中國)의 왕일
(王逸)에게는 미치지 못하나 조나라 송설(松雪)에게
는 뒤지지 않는다고 칭찬하셨사옵니다.

안평대군은 사색(思索)하기 적당한 한적한 곳에 수
십 간의 정사(精舍)를 건축하시고 이름을 비해당(匪
懈堂)이라 하고, 그 옆에 단을 구축하고 시단(詩壇)
이라 하였습니다. 당시 문장과 거필이 모두 이 시
단에 모였습니다. 문장으로는 성삼문(成三問)이 으
뜸이었고, 필법으로는 최흥효(崔興孝)가 출중하나
안평대군에게는 미치지 못하였지요.

어느 날 안평대군이 술이 취해 여러 궁녀를 불러
말했습니다.

"하늘이 재주를 내리실 때 남자에게만 풍족하고 여

운영전 19

자에게는 적게 하였을 리 없으
니 너희도 힘써 글을 배우라.”
궁녀 중에서 나이가 어리고 얼굴이
아름다운 열 명을 골라 먼저 언해와 소학을 가르친
후에 ‘중용’, ‘논어’, ‘맹자’, ‘시전’, ‘통감(通鑑)’ 등
을 차례로 가르치고, 당나라 이두(李杜)에 당음시초
(唐音詩抄)를 힘써 가르치니 다섯 해가 안 되어 모
두 문장이 비범하게 되었지요.
대군이 바깥에서 들어오시면 대군의 눈앞에서 떠나
지 못하게 하시고 시를 잘 짓는 사람에게는 상을
주시었지요.
탁월한 기상은 안평대군에게는 미치지 못하나 청아
한 음률과 완숙한 필법은 당나라 시인 반리(藩籬)를
부러워하지 않을 만큼 되었습니다.
궁녀 열 명의 이름은 소옥(小玉), 부용(芙蓉), 비경
(飛瓊), 비취(翡翠), 옥녀(玉女), 금련(金蓮), 은섬(銀
蟾), 자란(紫鸞), 보련(寶蓮), 운영(雲英) 등이며, 그
중에 운영이 바로 저였습니다.

열 명의 궁녀에 대한 대군의 사랑은 각별하여 궁문 밖을 나가지 못하게 하고 궁 밖의 사람과는 말을 주고받는 것도 절대로 금했지요. 문사들과 같이 술을 마실 때도 없지만, 혹 있더라도 궁녀들을 가까이 있지 못하게 하시었답니다. 대군은 저희에게 항상 엄하게 말씀하셨습니다.

"궁녀로서 한 번이라도 궁문 밖을 나가면 사죄(死罪)를 당할 것이며, 궁문 밖 사람이 궁인의 이름을 아는 이가 있다면 그 또한 죽음을 면치 못할 것이니라!"

하루는 대군이 밖에 나갔다 들어와 말씀하셨습니다.

"오늘은 문사 한 명과 술을 마시고 있었는데, 그때 한줄기 푸른 연기가 궁중의 나무에서 일어나 궁성을 싸고 산봉우리로 스르르 돌아갔다. 그것을 시제(詩題)로 하여 너희가 직접 글을 지어 올려라."

이 말에 소옥이 먼저 글을 지어 올렸습니다.

푸른 연기는 가늘기가 비단실 같은데
바람을 따라 비스듬히 문으로 들어오고
짙어졌다 연해졌다 하는 바람에
어느덧 황혼이 가까이 온 것도 몰랐네

부용도 지어 올렸습니다.

하늘로 날아올라 비를 몰아와
땅으로 떨어졌다 다시 구름이 되네
저녁이 다가오니 산빛은 어두운데
그윽한 생각이 다만 그대를 그리워하노라

비취의 시는

꽃속의 벌은 갈 길을 잃고
대밭 속의 새는 아직도 집을 찾지 못하네
어두운 밤에 가는 비가 내리니
창 밖에서는 쓸쓸한 빗소리가 들리네

옥녀의 시는

해를 가리는 얇은 깁은 가늘고
산 옆으로 비낀 푸른 띠는 길더라
약한 바람이 불어 점점 사라지니
아직 마르지 않은 것은 연못뿐이어라

금련의 시는

산 밑에 찬 연기는 쌓이고 쌓이네
비스듬히 날리는 궁의 나뭇가지는
바람에 나부끼어 몸을 가누지 못하고
저녁 햇빛은 푸른 하늘 가득하네

은섬의 시는

산골에는 그늘을 드리우고
못에는 푸른 그림자가 흐르도다
날아서라도 가 보니 찾을 수 없고
연잎에 구슬 같은 이슬이 담겨 있어라

비경의 시는

작은 은행나무 우거지기 어려운데
홀로 선 대나무는 저마다 푸르나니
가벼운 그늘은 잠시 무거울 뿐
해는 저물면 또 황혼이 오네

자란의 시는

이른 아침 마을 문은 아직 어둡고
연기에 비껴 높은 나무가 앉아서 보이네
깜짝하는 사이에 날아가니
서쪽 산 앞 냇가로다

저도 시를 지었는데

멀리 바라보니 푸른 연기 가늘고
아름다운 사람은 깁 짜기를 멈추고
바람을 쐬며 홀로 슬퍼하는데
날아가 무산에 떨어지네

마지막으로 보련이 시를 지어 올렸습니다.

골짜기는 봄 그늘 속에
장안은 물 기운 속에 있는데
능히 세상 사람을 오르게 하며
취주궁(翠珠宮)이 되게 하네

대군이 한 번 보더니 놀라며 말씀하셨습니다.

"비록 만당(晚唐)의 시에 비교할 수 없으나 가히 훌륭한 글이로다!"

대군이 거듭 읊으면서 우열을 정하지 못하더니 한참 읽다가 말씀하셨습니다.

"비취의 시는 전에 소아와 비할 만하고, 소옥의 시는 뛰어나면서 끝줄에는 내용이 함축되어 있어 먼저 이 두 글을 제일로 정한다."

대군이 또 말씀하셨습니다.

"내 처음 볼 때는 우열을 판단할 수 없었으나 다시 음미해 보니 자란의 시는 헤아리기 어려울 만큼 깊

은 뜻이 있고, 다른 시 또한
다 아름답고 좋으나, 운영의
시만은 사람을 그리워하는
듯이 표현하고 있구나. 대
체 누구를 생각하는지 마땅
히 심문해야겠지만 그의 재주
를 보아 그대로 내버려두노라."
이 말을 들은 운영은 즉시 뜰에 내려가 엎드려 울
면서 대답했습니다.
"시를 지을 때 우연히 나온 것일 뿐 결코 다른 뜻
은 없사옵니다. 이제 대군의 의심을 샀으니 이 몸
은 만 번 죽어도 애석함이 없사옵니다."
대군이 운영을 불러 자리에 앉기를 명하면서 말씀
하셨습니다.
"책하는 것은 아니나 시는 본성에서 나오는 것이므
로 억지로 숨기지는 못하는 것이니라."
대군이 조금 아픈 말을 한 후에 비단 열 필을 열
명에게 나누어 주었지요. 그 일로 대군은 저에게

마음을 둔 일이 없었으나 궁인들은 대군이 저에게 마음이 있는 줄로 알고 있었지요.

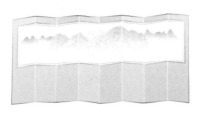

대군이 어전(御前)으로 나가시자 열 명은 동방(洞房)의 촛불을 높이 켜 놓고 칠보서안(七寶書案)에 당률(唐律) 한 권을 놓고 옛날 궁녀들이 지은 시에 대해 논하였으나, 저만 홀로 병풍에 기대어 인형처럼 초연히 입을 닫은 채 있었습니다.

소옥은 이 모습을 보고 제게 말하였습니다.

"낮의 부연시(賦烟詩) 때문에 대군에게 의심을 받고서 근심이 되어 말하지 않느냐? 그렇지 않으면 대군의 생각이 비단이불 속에 있으므로, 그 이불 속의 즐거움을 기대하여 조용히 기뻐하느라고 말하지 않느냐? 너의 마음속을 도통 모르겠구나."

운영이 옷깃을 여미며 말하였습니다.

"내 어찌 나의 마음을 모르겠니? 내 방금 시 한 수를 생각하다가 좋은 글귀가 생각나지 않아 곰곰 생각하느라고 말하지 않았을 뿐이야."

은섬도 말하였습니다.

"네 마음이 다른 데 있어 옆 사람의 말을 바람이 귀를 지나가는 것과 같이 하니, 네가 말하지 않음을 누구나 안다. 내가 시험해 볼 것이니 저 창밖의 포도를 시제(時題)로 하여 칠언사운(七言四韻)을 지어 읊어 보아라."

저는 곧 여러 사람의 의심을 풀려고 시를 지어 읊었지요. 그 시는 다음과 같았어요.

구불구불 덩굴은 용이 가는 것과 같고,
푸른 잎 그늘을 이루니 모두 그윽하구나
더운 날에 위풍은 환히 비치고
푸른 하늘 찬 그림자는 도리어 밝아라
덤불 뻗어 난간을 감았으니 정을 붙여 두고 싶고
열매 맺어 구슬인 양 드리니 따다가 효성을 본받고
행여 다른 날 조화를 부린다면
비구름을 몰아 타고 삼청궁에 오르리라

소옥이 시를 보다가 일어나 절을 하고 말했습니다.

"정말로 천하의 기재구나! 그 짧은 시간에 이와 같이 지어 냈으니 이것이 시인으로서는 가장 어려운 것이라. 내 마음으로 기뻐하고 복종함은 정말로 칠십제자가 공자에게 복종하는 것과 같으리라!"

자란도 평을 했습니다.

"말을 조심해야 하는데 어찌 그렇게 지나친 칭찬을 하느냐? 다만 문자가 완곡하고 또한 날아오르는 듯한 태가 있구나!"

그러자 모든 사람이 말했습니다.

"정확한 평이로다."

저는 비록 이 시로 의심을 푼 셈이나 그래도 여전히 의심은 남은것 같앗어요.

이튿날 아침 문 밖에서 마차 굴러가는 소리가 요란하게 들리더니 문지기가 쫓아 들어와서 말하였습니다.

"여러 손님들이 오셨습니다."

이에 대군이 손님들을 동각(東閣)으로 맞아들이니 모두 문인과 재사였습니다.

자리를 정돈하고 나서 대군은 저희가 지은 부연시를 내놓았습니다. 손님들은 크게 놀라 말하였습니다.

"뜻밖에 오늘 성당(盛唐)의 음조를 다시 보는 것 같습니다. 우리로서는 비견할 바가 못됩니다. 이 보배스러운 시를 어떻게 얻었습니까?"

대군이 겸손하게 말하였습니다.

"종 녀석이 우연히 길에서 주워 온 것이어서 어떤 사람이 지었는지는 알 수 없소이다. 생각하건대 필시 여염집 재주 있는 여인이 지은 것이리라."

여러 사람이 의심을 풀지 못하고 있는데 조금 있다가 성삼문이 말하였습니다.

"재주를 다른 세대에서 빌린 것이 아니오. 전조(前朝)로부터 지금에 이르기까지 백여 년 동안 시로

 동국(東國)에 이름을 날린 자들은 그 수를 헤아릴 수 없지만, 곡조가 탁하고 행동이나 말이 가벼워 음률에 맞지 않고 그 성품을 잃었으나, 이제 이 시들을 보니 풍격이든지 사상이든지 세상의 뜻이 조금도 없나이다.

이것은 확실히 궁 안 사람이 속인과 가까이 지내지 않고 밤낮으로 시를 읽고 읊고 외워서 스스로 깨달은 것 같습니다.

그 뜻을 자세히 음미해보면 '바람을 대하여 홀로 초창한다' 는 시구는 누구를 연모한다는 뜻이고, '외로운 대피리가 홀로 푸른 것을 보전하였다' 는 것은 정절을 지킨다는 뜻이고, '그윽히 그대를 생각하여 꿈꾸다' 는 것은 대군을 향한 마음이옵고, '연잎의 이슬을 머금고 서쪽의 큰 산과 앞 시내' 라는 시는 천상의 신선이 아니면 이와 같은 표현을 할 수 없사옵니다.

격조에는 높고 낮음이 있지만 닭은 기상은 모두 똑

같습니다. 궁중에 반드시 십여 명의 여선을 기르고 있을 것이니 바라건대 숨기지 마시고 한번 만나게 해 주옵소서."

대군이 속으로는 감탄하면서도 겉으로는 웃으며 말씀하셨습니다.

"누가 근보더러 시감을 하라고 하였는가? 궁중에는 그런 인물이 없노라."

이때 창 틈으로 말을 엿듣고 있던 궁녀들은 모두 성삼문의 뛰어난 의견을 마음속 깊이 탄복하지 아니한 자가 없었지요.

그날 밤 자란(紫鸞)은 저를 위로하면서 물었지요.

"여자로 태어나서 시집가고자 하는 마음은 누구나 가지고 있단다. 네가 생각하고 있는 임이 어떠한 사람인지 알지 못하나 너의 얼굴이 날이 갈수록 수척해지니 안타까울 뿐이다. 그러니 숨기지 말고 나에게만 얘기해 주렴."

저는 자란에게 모든 것을 이야기 해 주었습니다.

지난 가을 국화꽃이 피고 단풍이 떨어지기 시작할
때 하루는 동자가 들어와 말했어.
"나이 어린 선비가 김 진사라 하면서 대군을 뵙겠
다고 합니다."
"김 진사가 왔구나."
대군은 기뻐하면서 김 진사를 맞이하셨지. 김 진사
는 베옷을 입고 가죽 띠를 맨 선비였는데 얼굴과
행동이 신선 세계에나 있을 법한 사람 같았어. 진
사님이 대군께 절을 하고 나서 말했지.

"외람되게 많은 사랑을 입고서도 이제야 인사를 올리게 되어 황송하옵니다."

진사님이 처음 들어올 때 이미 우리와 얼굴을 마주쳤으나 대군은 진사님의 나이가 어리고 또한 심성이 무척 착하므로 우리더러 다른 곳으로 물러가 있도록 하지 않으셨어.

대군이 진사님을 보고 말씀하셨지.

"가을 경치가 좋으니 원하건대 시 한 수를 지어 이 집에서 광채가 나도록 해 주오."

진사님은 자리를 피하려 사양하며 말씀하셨어.

"헛된 이름이 사실을 어둡게 하고 말았습니다. 시의 격률을 소인이 어찌 알겠습니까?"

이때 대군은 금련에게 노래를 부르게 하고, 부용에게는 거문고를 타게 하시고, 보련에게는 단소를 불게 하고, 나에게는 벼루를 받들게 하셨어.

그때 내 나이 열일곱 살이었지. 낭군을 한번 보니 정신이 어지러워지고 가슴이 울렁거리는데, 진사님 또

한 나를 돌아보면서 웃음을 머금고 자주 눈여겨보
는 거야.
대군이 진사님에게 말씀하셨어.
"내 진심으로 그대를 기다렸노라. 한데 그대는 어
찌하여 구슬같이 맑고 고운 목소리를 들려주지 않
는 것이냐?"
이에 진사님이 붓을 잡고 오언사운 한 수를 지었는
데 내용은 이러했지.

기러기 남쪽을 향해 날아가니
궁 안에 가을빛이 깊구나
차가운 물에 연꽃은 구슬 되어 꺾이고
서리 내린 국화는 금빛을 드리우네
비단 자리에는 홍안(紅顔, 젊고 아름다운 얼굴)이요
옥 같은 거문고 줄에는 백설 같은 소리
유하주 한 말 들고 먼저 취하니
이 몸 가누기도 어렵네

대군이 읊다가 놀라시면서 말씀하셨어.

"참으로 천하의 드문 재주로다. 어찌 서로 늦게 만났던고?"

궁녀들도 감탄을 금치 못했어.

"이는 반드시 선인이 학을 타고 속세에 오신 것이니 어찌 이와 같은 사람이 또 있겠습니까?"

대군이 잔을 들며 말씀하셨어.

"옛 시인 중에서 누가 종장(宗匠)이 되겠는가?"

"제 소견으로 이태백은 천상의 신선으로 오랫동안 옥황상제의 향안 앞에 있다가, 곤륜산(崑崙山) 현보에 내려와 놀면서 옥액(玉液)을 다 마시고 취흥을 이기지 못하여, 계수나무 가지를 꺾고 바람을 따라 비를 맞으면서 인간세계에 떨어진 기상이옵니다. 당나라 시인 맹호연은 음향이 가장 높으니 이것은 진나라 음악가 사광(師曠)에게 배워 음률을 습득한 사람이옵니다.

또 당나라 시인 이의산은 선술을 배워 일찍부터 시마(詩魔)를 부렸으며, 일생에 지은 글이 귀어 아닌

것이 없사옵니다. 이외에도 다 자기의 특색을 가지고 있으니 어찌 다 말씀드리겠나이까."

"날마다 문사(文士, 학문으로써 입신하던 선비)시를 논하되 두보를 으뜸으로 여기는 자가 많거니와 이것은 무엇 때문일까?"

"그렇습니다. 행실이 변변하지 못하고 속된 선비들이 숭상하는 것을 말씀드리면, 사람들의 입에 오르내리는 것이 사람의 입을 즐겁게 하는 것과 같습니다."

"백체를 구비하고 비흥이 지극한데 어찌 두보를 가볍게 보는고?"

"제가 어찌 감히 가볍게 보겠습니까? 그 좋은 점을 논할 것 같으면 곧 한무제가 미앙궁에 앉아 오랑캐가 중원을 침공하는 것을 통분히 여기고서 장수에게 명하여 치게 할 때 백만 군사가 수천 리를 이은 것과 같고, 그 아름다운 점을 말할 것 같으면

한나라의 사마상여가 장양부를 읊고 사마천이 봉선
문을 초한 것과 같으며 그 신선을 구하는 것인즉,
한나라 동방삭이 죄우에 서왕모를 모시고 상제에게
천도를 올리는 것과 같으니, 이것이 두보의 문장이
요 백체를 구비하였다고 말할 수 있사옵니다.

왕유와 맹호연에 비한다면 곧 두보가 말을 몰아 앞
서 가면 왕유와 맹호연은 채찍을 잡고 길을 다투는
것과 같습니다."

"그대의 말을 들으니 가슴속이 시
원하구려. 하지만 두보의
시는 온 세상이 알아주는
빼어난 문장이라 비록 악
부(한시 형식의 하나)에는 족하지 않지만 어찌 왕맹
과 같이 길을 다투랴. 내 그대에게 원하건대 또 한
번 시를 지어 이 집으로 하여금 더욱 빛나게 하여
주오."

진사님이 곧 칠언사운 한수를 읊으니 그 시는 이러
했다.

연기 흩어진 지당에는 이슬 기운이 찬데
푸른 하늘은 물결 같은데 밤은 어이 긴고
가는 바람은 뜻이 있어 부러 발을 걷히더니
흰 달은 다정히 작은 집으로 들어오네
뜰 언덕에 그늘이 지는 것은 솔나무 그림자로다
술잔 가운데의 기울어짐은 국화의 향기를 돋우도다
원공이 몸은 작았으나 자못 잘도 마셨으니
괴상타 하지 마오 마시고 취한 후에는 미치도다

대군이 앞으로 다가앉으면서 진사님의 손을 잡으시
면서 말씀하셨어.
"진사는 오늘날의 재사가 아니오. 나로서는 그 고
하를 논할 수 없소. 문장과 필법이 능할 뿐 아니라
신묘함을 다하였으니 하늘이 당신을 동방에 태어나
게 함은 우연한 일이 아니오."
진사가 붓을 들어 글씨를 쓸 때에 먹물이 나의 손
가락에 떨어지니 마치 파리 날개를 그린 것 같았
어. 내가 이것을 영광스럽게 여겨 닦으려 하지 않

았더니 옆에 있는 궁인들이 모두 웃었지.

밤이 깊어 대군도 잠자리에 드시고 진사님도 궁을 나갔어.

이튿날 아침에 대군은 진사의 시재를 보시고 성삼문과 자웅을 겨를 만하나 진사의 시가 오히려 청아(淸雅)한 맛이 있다고 칭찬하셨지.

이때부터 나는 잠도 못 자고 입맛도 없고 마음이 괴로워 허리띠를 푸는 것조차 잊었어.

자란은,

"그래. 내가 몰랐구나! 이제 네 말을 들으니 마치 술이 깬 것처럼 정신이 맑아지는 것 같구나."

라고 말하였습니다.

그 후 대군은 진사님과 자주 만났으나 저희는 서로 얼굴을 보지 못하게 하여 언제나 문틈으로 엿보다가 하루는 제가 오언사운 한 수를 썼습니다.

베옷에 가죽 띠를 맨 선비는 신선과 같은데,
늘 바라보건만 어찌하여 인연이 없는고
솟는 눈물은 얼굴을 씻고
거문고를 타니 원한은 줄에서 우네
가슴속 원한을 머리 들어 하늘에 하소연한다

운영전 49

저는 시와 금비녀를 겹겹이 봉해서 진사님에게 부치려고 하였으나 방법이 없었지요.

그날 밤 대군이 연회를 베풀었는데 손님들은 모두 진사님의 재주를 칭찬하였으며 대군이 진사님이 지은 두 수의 시를 많은 손님에게 내어 보이니 돌려 보고는 칭찬하지 않는 자가 없었습니다.

손님들이 진사님 보기를 청하여 얼마 후 진사님이 궁에 들어오셨는데, 얼굴에 핏기가 없어 옛날의 기상을 찾기 어려웠습니다.

대군이 위로하며 말씀하셨습니다.

"무슨 병이 있는가? 시를 읊느라고 파리해졌는가?"

그러자 모든 사람이 크게 웃었습니다.

진사님은 일어나서 사례하고는 말하였습니다.

"제가 한 천한 선비로 외람되이 대군님의 사랑을 입고 복이 지나쳐 화를 낳았습니다. 질병이 몸을

얽어서 식음을 전폐하고 남의 손에 의지하고 있다
가 이제 대군의 부름을 받고 아픈 몸을 이끌고 와
서 뵙는 것입니다."

자리에 앉은 손님
들이 모두 무릎을
가다듬고 공경을
하더이다.

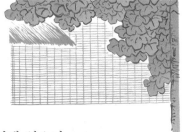

진사님은 나이 어
린 선비로 맨 끝자리에 앉으니
그가 앉은 곳에는 안과 밖이 벽 하나를 두고 있을
뿐이더이다.

밤은 벌써 깊어졌고 손님들이 모두 취하여 있을 때,
제가 벽에 구멍을 뚫고 봉투를 던졌더니 진사님이
주워서 집으로 가져가 펴 보고는 슬픔을 이기지 못
하여 손에서 놓지도 않고 그리운 마음에 몸을 가누
지 못하셨다고 합니다.

진사님은 제게 바로 답서를 썼지만 전할 길이 없어
홀로 가슴만 태울 뿐이었다고 합니다.

그 당시 한 무녀가 대군의 궁에 드나들면서 총애를 얻고 있었는데 이 소문을 들은 진사님이 그 집을 찾아가 보니 서른이 안 된 아주 예쁜 여자였답니다. 그녀는 일찍 과부가 된 뒤부터 음녀(淫女, 행동이 음란하고 방탕한 여자)로 자처하고 있었던지라 진사님을 보고는 기뻐하였지요.

무녀는 진사님과 밤을 새우면서 같이 자리라 마음먹었답니다. 다음 날 목욕하고 짙은 화장에 화려하게 꾸미고 꽃 같은 요와 옥 같은 자리를 깔아 놓고 계집종에게 망을 보게 하였지요.

진사님이 오셔서 이 광경을 보고 이상하게 여기자 무녀가 말했습니다.

"오늘 밤은 무슨 날이기에 이같이 훌륭한 분을 뵙
게 되었을까요?"

진사님은 무녀에게 뜻이 없었기에 대답도 하지 않
았습니다. 그러자 무녀가 또 말했지요.

"과부의 집에 젊은이가 왕래를 꺼리지 않고, 더구
나 무엇 때문에 당신의 고민을 말하지 않습니까?"

"점술이 신통하지 않다면 어찌 내가 찾아오는 뜻을
알지 못하오?"

무녀는 즉시 영전에 나가 신에게 절하고 방울을 흔
들고 몸을 떨며 중얼거렸습니다.

"당신은 정말로 가련한 사람입니다. 뜻
을 이루지 못할 뿐만 아니라 삼 년
이 못 가서 황천 사람이 됩니다."

진사는 이 말을 듣고 울면서 사례
하고는 말했습니다.

"나도 알고 있습니다. 그러나 마
음속에 맺힌 한은 백 가지 약으로도 고칠 수 없으
니, 만일 당신이 다행히 편지를 전해 준다면 이 은

혜 죽어도 잊지 못할 것입니다."

"저는 비천한 무녀라, 부르지 않으면
감히 궁에 들어가지 못합니다. 그러나
당신을 위해 한번 가 보겠습니다."

진사님은 품속에서 서신을 내어 주면서 말씀하셨습
니다.

"조심하시오. 생명과 관계되는 일이라 염치 불구하
고 말씀드립니다."

무녀가 편지를 갖고 궁에 들어서니 궁 안 사람들이
괴이쩍게 여기기에 무녀는 틈을 엿보아 사람들이
듣지 못하는 곳으로 저를 데려가서 편지를 전해 주
었습니다.

제가 방으로 돌아와 뜯어 보니 그 편지의 사연은
이러했습니다.

'처음 눈으로 인연을 맺은 후부터 마음은 둥실 뜨
고 넋이 나가 도저히 진정치 못하고 늘 궁궐 쪽을
바라보며 애를 태웠지요.

이전에 벽 사이로 전해 주신 잊을 수 없는 옥음(玉音, 남의 편지나 말을 높여 이르는 말)을 소중히 받아 들고 가슴이 메어 반도 채 읽지 못하고 눈물이 떨어져 글자를 알아볼 수 없어 다 보지도 못하였으니 장차 이를 어찌하리오리까.

그 후부터는 누워도 잠들지 못하고 음식은 목을 내려가지 않고 병은 골수에 사무쳐 온갖 약의 효험이 없으니 저승이 보이는 것 같습니다.

오직 소원은 조용히 죽음을 따를 뿐이오나, 하느님께서는 불쌍히 여겨 주시고 신께서는 도와주시어 혹 생전에 한 번이라도 이 원한을 풀어 주게 하신다면 마땅히 몸을 바수고 뼈를 갈아서라도 천지신명님의 영전에서 제를 지내겠습니다.

편지를 쓰다 보니 서러워서 목이 메어 다시 무슨 말씀을 하오리까. 예를 갖추지 못하고 삼가 쓰나이다.'

사연 끝에는 칠언사운 한 수가 적혀 있었는데 바로 이러했지요.

누각은 깊고 깊어 저녁 문 닫혔는데
나무 그늘과 구름 그림자는 희미하여라
꽃은 떨어져 개천으로 흘러가고
제비는 흙을 물고 처마로 돌아오네
누워도 이루지 못함은 호접몽이오
창을 열고 남쪽을 바라보니 기러기도 날지 않네
옥 같은 얼굴은 눈앞에 있는데 어찌하여 말이 없는가
푸른 숲의 꾀꼬리 소리에 눈물이 옷깃을 적시네

편지를 다 읽고 나자 소리가 그치고 기가 막혀서 입으로는 말조차 할 수 없고 눈물이 다하자 피가 눈물을 이었습니다.

다만 병풍 뒤에 몸을 감추고 가슴을 두드리며 울음을 머금고 오직 사람이 알까 봐 겁이 날 뿐이었습니다.

그 후부터는 잠시라도 잊을 수 없었으니, 시는 성정에서 나오는 것으로 속일 수 없다는 것을 새삼스레 느꼈습니다.

하루는 대군이 비취를 불러 말씀하셨습니다.

"열 사람이 한 방에 있으면 학업에 방해되니 다섯 명은 서궁으로 보내겠다."

저는 자란, 은섬, 옥녀, 비취와 같이 그날로 짐을 옮겼습니다.

옥녀가 말했습니다.

"그윽한 꽃, 가는 풀, 흐르는 물, 꽃다운 수풀은 마치 산 옆이나 들에 있는 것 같으니 참으로 훌륭한 독서당이구나!"

그 말에 제가 대답했지요.

"산사람도 아니고 중도 아니면서 이 깊은 궁에 갇혔으니 참으로 장신궁(長信宮, 중국 한나라 때 장락궁 안의 태후가 살았던 궁전.)이 따로 없다."

그랬더니 모든 궁인이 탄식하고 울적하게 여겼습니다.

그 후 나는 편지를 써서 뜻을 이루고자 했으며, 진사님도 지성으로 무녀를 찾아가 간절히 부탁하였으나 더는 드나들기를 좋아하지 않았어요.

아마 진사님이 자기한테 관심이 없다는 것을 알고 그런 것 같기도 합니다.

어느날 밤, 자란이가 제게 가만히 물었습니다.

"궁 안 사람들이 매년 중추(추석)에 탕춘대(蕩春臺) 아래 개울에서 빨래를 하고는 주연을 베푸는데, 올해는 아마 소격서동(昭格署洞)에서 하는 모양이야. 오고 가는 사이에 무녀를 찾아가 보는 것이 좋은 방책이 아닐까?"

저도 그렇게 생각하고 중추가 되기를 기다리니 하루를 보내기가 삼추와 같았습니다.

비취가 그 말을 엿듣고는 모르는 체하고 저에게 말했습니다.

"네가 처음 궁에 올 때에는 안색이 배꽃 같아 분을 바르지 않아도 사람을 황홀케 하여 궁인들이 모두 괵국부인(양귀비의 언니)이라고 불렀는데 요사이 얼굴빛이 좋지 않으니 무슨 일 있는 것 아니니?"

"날 때부터 허약한 데다 더위에 몸이 더욱 야위어졌지만 서늘해지면 좀 나아질 거야."

그랬더니 비취가 시 한 수를 지어 주었습니다. 빈정대는 뜻이 없지 않았으나 시상이 절묘하기에 저는 그 재주를 기특히 여기면서도 그 농에 대해서는 부끄럽게 여겼지요.

그럭저럭 두어 달이 지나고, 계절은 바뀌어 가을이 되었습니다.

서늘한 바람은 저녁에 일어나고, 국화는 황금빛을 토하며, 풀 속의 벌레는 소리를 가다듬고, 흰 달은 빛을 밝혔지요. 저는 중추가 가까이 옴을 마음속으로 좋아하면서도 겉으로는 나타내지 않았어요.

어느 날 아무것도 모르리라고 생각한 은섬이 내게 말했습니다.

"편지 속의 좋은 시기가 오늘 저녁에 있으니 인간의 즐거움이 천상과 다름없다."

이미 서궁 사람들이 알고 있으므로 숨길 수 없어서 사실대로 말하고 나서 부탁했습니다.

"제발 남궁 사람이 알지 못하게 해 줘."

이때 기러기는 남쪽을 향하여 날고, 풀잎에는 구슬 같은 이슬이 맺히니 맑은 시내에서 빨래하기 좋은 때라 여러 궁녀와 같이 날짜와 빨래할 장소를 정하고자 하였으나 의견이 맞지 않았습니다.

남궁 사람들이 말했습니다.

"맑은 물과 흰 돌은 탕춘대 아래보다 나은 데가 없단다."

그러자 서궁 사람들이 말했습니다.

"소격서동의 물은 문 밖에서 더 내려가지 않는데 왜 가까운 곳을 두고 먼 데로 가려고 해?"

결국 남궁 사람들이 고집을 부리며 승낙하지 않아 결정을 짓지 못하고 그날 밤에는 그만 흩어지고 말았지요.

자란이 말했습니다.

"남궁 다섯 사람 중에서 소옥이 주장하니, 내 묘계로 그 뜻을 돌려 보리라."

그러고는 옥으로 만든 등으로 길을 밝혀 남궁으로 가니, 금련이 반가이 맞이하면서 말했습니다.

"한번 서궁으로 갈라진 뒤로 진나라와 초나라 같은 사이가 되더니, 뜻밖에 오늘 저녁 귀한 몸이 오셨으니 깊이 사례한다."

"사례할 것이 뭐 있니. 나는 세객(유세객)으로 왔을 뿐이야."

자란이 옷깃을 가다듬으며 말하였습니다.

"남의 마음을 헤아릴 수 없으나 내게 말해 줄 수

있겠니?"

"서궁 사람들은 소격서동으로 가고자 하는데, 너 혼자만 고집해 이 밤중에 내가 찾아왔으니, 세객이라고도 말할 수 있거니와, 이러나저러나 좋지 않니?"

"서궁의 다섯 사람 중 나 혼자 성내로 갈 거야."

"홀로 성내를 생각하고 있는 것은 그 무슨 뜻이냐?"

"듣자하니 소격서동은 곧 천황을 제사 지내는 곳이므로 동명을 삼청동이라 하였다는데, 우리 열 명은 틀림없이 삼청궁의 선녀로 황정경(黃庭經, 도가의 경문)을 잘못 읽고 인간 세상에 귀양을 왔거니와, 이미 복잡하고 어수선한 세상에 있으니 산가, 야촌, 농막, 어점 등 어느 곳이든 좋아. 하지만 대궐 안에 갇히어 마치 새장 안의 새와 같으니 꾀꼬리의 울음을 들어도 탄식하고, 푸른 버들을 대하여도 한숨짓고, 제비가 쌍쌍이 날고 마주 앉아 조는 것을 보아도 외로워진다.

풀도 즐거움을 같이하는 것이 있고, 나무도 마주 서며, 지혜가 없는 초목과 존재 가치가 없는 짐승도 음양을 받아 즐거움을 나누는데, 우리 열 명은 무슨 죄가 있어 적막한 대궐 안에서 자신의 몸을 썩히는가?

봄꽃, 가을 달을 바라보며 오직 등불을 벗을 삼아 넋을 태우고 허무하게도 청춘을 포기하며 공연히 땅속의 원한만 끼치게 되었으니 타고난 운명이 어찌 이리도 박할까.

한번 늙으면 다시는 젊어지지 않으니, 다시 생각해 보아도 어찌 슬프지 않은가!

이제 맑은 시내에 가서 목욕하여 몸을 깨끗이 하고서 태을사에 들어가 백 번 절하고 손을 모아 하늘에 빌며 도와 달라고 해서, 내세에 가더라도 이와 같은 일을 겪지 않게 하는 것인데 어찌 다른 뜻이 있겠니?

우리 궁인들은 정의가 동기와도 같은데, 이 일로

인하여 남에게 의심을 사서야 되겠니? 나는 이유 없이 믿을 수 없는 말은 하지 않아."

이때 소옥이 일어나서 사과하며 말했습니다.

"내가 이치에 밝지 못하여 너의 마음을 몰랐구나. 처음에 성 안에 들이는 것을 승낙하지 않은 것은, 성 안에 협객의 무리가 많아 뜻밖의 우악스럽고 사나운 일을 당하지 않을까 근심한 까닭이야.

이제 우리가 다시 서로 통하게 되면, 비록 하늘에 올라간다 하더라도 너를 따를 것이며 강으로부터 바다에 들어간다 할지라도 따를 것이니, 다른 사람으로 인하여 성사되어도 한가지 아니겠니?"

그러나 부용이 말하였습니다.

"일은 먼저 마음부터 정하는 것이 옳아. 결정하지도 않았는데 둘이 서로 다투어 밤새도록 정하지 못하고 있으니 일이 순조롭지 못하겠구나.

한 집안의 일을 대군에게 알리지 않고 자기들끼리만 밀의를 하니 이것은 불충이라 할 수 있으며, 낮에 다툰 일을 밤이 깊기 전에 굴복했으니 이것은

불신이라 하지 않을 수 없어.

또 가을에는 옥같이 맑은 시내가 없는 곳이 없는데, 꼭 소격서동으로만 가려고 하니 이것도 옳다고 할 수 없어.

비해당 앞은 물이 맑고 돌이 희므로 해마다 거기에서 빨래를 하다가, 이제 와서 다른 곳으로 바꾸고자 하는 것도 옳지 않으니, 다른 사람이 다 간다고 하더라도 나는 따르지 않겠어!"

또 보련이 말하였습니다.

"말은 마치 문신하는 도구와 같아서, 조심하지 않으면 화가 따르는 법이야. 따라서 군자는 조심하는데 입을 지키기를 병과 같이 한단다.

한나라 때의 제상 장량은 종일 말을 하지 않아도 일을 이루지 못함이 없었으며, 구변이 좋은 색부는 이로운 말을 척척 잘 하였으나 장석이 참소하게 되었단다.

분명 자란의 말은 무엇을 숨기고 말하지 않는 것이고, 소옥의 말은 강하면서도 마지못하여 좇는 것이

며, 부용은 말을 꾸미는 데만 힘을 쓰니 다 나의
뜻에 맞지 않으므로 이번 행차에 나는 같이 안 가
겠어."

또 금련이 말하였습니다.

"오늘 저녁의 의논은 결국 합의를 보지 못하였으니
내 점을 쳐서 화의하리라."

그러고는 곧 주역을 펴 놓고 점을 쳐 얻은 괘를 풀
어서 말하였습니다.

"내일 운영은 반드시 장부를 만나리라. 운영의 얼
굴과 거동은 인간 세상에 살고 있는 사람이 아닌 것
같다.

그래서 대군이 운영에게 마음을 기울인 지가 이미
오래되었으나, 운영이 죽음으로써 거역하고 있음은 다
른 이유가 있는 것이 아니라 차마 부인의 은혜를
저버리지 못함이라.

대군의 명령이 비록 엄하나 운영의 몸이 상할까 두
려워하는 까닭으로 감히 가까이 하지 못하고 있다.

이제 이 쓸쓸한 곳을 버리고 번화한 곳으로 가려고

하나 협객들이 그 고운 얼굴을 본다면 반드시 넋을 잃는 자가 있을 것이며, 비록 서로 가까이 하지는 못하지만 손가락질하며 눈짓을 할 것이니 이것 또한 욕이다.

전날에 대군이 명령을 내리기를, 궁녀가 문을 나가거나 궁 밖 사람이 궁녀의 이름을 알면 그 죄는 죽음을 당하리라 하였으니 이번 행차에 나로서는 참가할 수가 없다."

이에 자란은 일이 이루어지지 않을 줄 알고는 맥이 빠지고 마음이 산란하여 돌아가려고 하는데, 비경이 울면서 비단 띠를 잡고 억지로 만류하고는 앵무잔에다 운화주를 따라 권하기에 좌우에 있던 사람들이 다 마셨습니다.

이때 금련이 말했습니다.

"오늘 저녁의 모임은 조용히 끝내야 할 것인데 비경의 울음에는 나도 정말 괴롭구나!"

비경이 대답했습니다.

"처음 남궁에 있을 때에는 운영과 친하게 지내어

삶과 죽음은 물론 영예
와 치욕을 같이하
자고 약속했는데
거처를 달리 했다
고 해서 어찌 서로를 잊을 수 있겠니?

전날 대군 앞에서 문안 올릴 때, 당 앞에서 운영을
보니, 가는 허리는 말라서 더 가늘어졌고 얼굴은 핼
쑥하였으며 목소리는 가늘어서 들릴락 말락 하였어.
일어나 절을 할 때는 힘이 없어 땅에 넘어지기에
내가 붙들어 일으키고는 좋은 말로 위로하였더니,
운영이 대답하기를

'불행히 병을 얻어 살 날도 얼마 남지 않았으니 나
의 미명은 죽어도 애석함이 없지만, 아홉 사람의
문장과 재화가 날로 피어나고 빛나서 앞으로 아름
다운 시편과 고운 작품이 한 시대를 움직이게 되는
깃도 볼 수 없으니 이 슬픔을 억누를 수 없다.'고
하는 그 말이 하도 처절하여 내가 눈물을 흘렸어.
이제 와서 생각해 봐도 그 병이 위중하였음은 생각

한 것과 같았어.

슬프다. 자란은 운영의 벗이라, 죽음에 임한 사람을 천단(天壇, 중국에서 천자가 하늘에 제사 지내기 위해 쓰던 제단) 위에 두고자 하는 것도 난감한 일이니, 오늘의 계획이 만일 이루어지지 못할 것 같으면 황천에 가서도 눈을 감을 수 없을 것이요, 또한 원한은 남궁으로 돌아올 것이니 어찌 슬프지 않겠는가?

서경에 이르기를, '좋은 일을 하면 하늘이 백 가지 상서로운 것을 내려주시고, 나쁜 일을 하면 하늘이 백 가지 재앙을 내려주시나니' 라 하였으니 오늘의 이 토론이 좋은가 좋지 않은가?"

또 소옥이 말하였습니다.

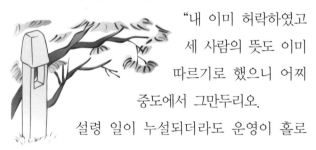

"내 이미 허락하였고 세 사람의 뜻도 이미 따르기로 했으니 어찌 중도에서 그만두리오.

설령 일이 누설되더라도 운영이 홀로

그 죄를 당할 것이며, 다른 사람은 무엇 때문에 같이 당할 것인가? 나는 두말하지 않고 마땅히 운영을 위하여 죽으리라!"

이에 자란이 말하였습니다.

"따르는 사람이 반이요, 따르지 않는 사람이 반이니 일은 다 틀렸어."

하고는 일어나 가려다가 들어와 다시 앉아 그 뜻을 살피니, 혹 따르고는 싶으나 한 입으로 두말하는 것을 부끄럽게 여기는 것도 같았습니다.

"모든 일에는 정도도 있고 권도도 있는데 권도를 맞게 하면 그것이 또한 정도이다. 어찌 변통의 권도는 쓰지 않고 먼저 한 말만을 굳게 지키려고 하는가?"

그러니 옆에 있던 사람들이 모두 따랐습니다.

또 자란이 말하였습니다.

"내가 말하기를 좋아하는 것이 아니라, 남을 위하여 일을 도모하다가 얻지 못하면 말하지 않겠어."

비경이 말하였습니다.

"옛날 소진(蘇秦)은 육국(六國)에서 굳은 약속을 받았는데, 이제 자란은 다섯 사람에게 약속을 받아냈으니 변사라 해도 좋겠구나."

"소진은 육국의 상인(相印)을 찼는데, 이제 너희는 어떤 물건을 주려고 하는 거니?"

금련이 말하였습니다.

"굳은 약속은 육국에게 이익이지만 이제 이 승복은 우리 다섯 사람에게 무슨 이익이 있니?"

그러고는 마주 보며 크게 웃었습니다. 자란이 말하였습니다.

"남궁 사람은 모두 착해서 죽을 운영의 목숨을 잇게 하였으니 어찌 사례하지 않을 수 있겠는가."

그러면서 일어나 절을 하였습니다. 자란이가 또 말하였습니다.

"오늘의 일은 다섯 사람이 따르기로 했으니, 위에는 하늘이 있고 밑에는 땅이 있으며 촛불이 비치고 귀신이 엿보고 있으니 내일 가서 다른 뜻이 없겠지?"

하고는 일어나 절하고 돌아가니 다
섯 사람이 다 중문 밖에까지 나와
전송하였습니다.

자란이 돌아와서 저에게 말하
기에, 저는 일어나 두 번 절
하고는 사례의 말을 하였습
니다.

"나를 낳은 사람은 부모고
나를 살려 준 사람은 너구나. 땅에 들어가기 전에
맹세코 이 은혜를 갚으리라."

앉아서 아침을 기다리다가 소옥과 남궁 네 사람이
들어가 문안을 하고는 물러나와 중당에 모이니, 소
옥이 말하였습니다.

"하늘은 푸르고 물이 맑으니 빨래할 때가 되었구
나. 오늘 소격서동에다 휘장을 치는 것이 좋겠지?"
이에 여러 사람이 모두 찬성하였습니다.

저는 물러나와 서궁으로 돌아가서 흰 나삼(비단 적
삼)에다 가슴 속에 가득 찬 슬픔과 원한의 글을 써

서 품에 넣고는 자란과 같이 일부러 뒤쳐져 마부를 보고 일렀습니다.

"동문 밖에 있는 무녀가 가장 영험하다고 하니, 내가 그 집에 가서 병을 보이고 올게."

하고 이르니, 동복이 그 말대로 하였더이다.

저는 무녀의 집에 가서 좋은 말로 애걸하며 말하였습니다.

"오늘 찾아온 것은 진사님을 한번 만나고 싶어서이니 부디 소식을 전해 준다면 몸이 다하도록 은혜를 갚겠어요."

무녀가 사람을 보내었더니 진사님이 곧 바로 찾아왔습니다.

둘이 서로 만나니 한마디도 못하고 눈물만 흘릴 뿐이었습니다. 제가 편지를 주면서 말했습니다.

"저녁에 틈을 타서 꼭 돌아올 것이니 낭군님은 여기에서 기다려 주옵소서."

그러고는 바로 말을 타고 갔습니다.

진사님에게 전한 편지의 사연은 이러하였습니다.

'며칠 전에 무산의 신녀가 전해 준 편지에는 낭랑한 옥음이 종이에 가득하였습니다.

정중한 마음으로 읽고 또 읽어 보니 슬프고도 기뻐서 마음을 진정하지 못하고 바로 답서를 보내고자 하였으나 전할 길이 없었습니다.

또한 편지를 보내면 비밀이 샐까 두려워 고개를 들어 멀리 바라보며 날아 가고자 하는 마음 간절했지만 날개가 없으니 애가 끊고 넋이 사라져 오로지 죽을 날을 기다리고 있답니다.

죽기 전에 이 편지를 통하여 평생의 한을 다 말씀드리오니, 엎드려 바라옵건대 낭군께서는 저를 잊지 마시고 마음에 새겨 두옵소서.

저의 고향은 남방입니다. 부모님은 여러 자녀 가운데서도 저를 각별히 사랑하시어 저를 믿고 제가 무엇을 하든 맡겨 두셨습니다.

그래서 숲속과 물가, 그리고 매화나무, 대나무, 굴나무, 유자나무 등의 그늘에서 날마다 놀았으니, 이끼 낀 바위에서 고기 낚는 무리와 소먹이기를 다

하면 피리를 부는 아이들이 아침저녁으로 모여들었으며, 그 밖에 산과 들의 풍경과 농가의 재미는 이루 다 들 수 없습니다. 부모님은 삼강오륜과 칠언당음을 가르쳐 주셨습니다.

나이 열세 살 때에 대군이 부르셔서 부모님과 형제와 이별하고 궁중에 들어오니, 집으로 돌아가고 싶은 마음 어찌 할 수 없었습니다. 더벅머리와 때묻은 얼굴 남루한 의상으로, 보는 사람으로 하여금 더럽게 보이도록 하고자 뜰에 엎드려 울었습니다. 그랬더니 궁인이 보고 말하기를 '연꽃 한 송이가 뜰에 피어났다.'고 하였습니다.

대군의 부인이 자식과 다름없이 사랑하여 주셨으며 대군도 보통으로 보지 않았으며, 궁 안 사람들도 모두 사랑해 주었고 자매처럼 여겼습니다.

학문에 종사한 뒤부터 의리를 알았으며 음률을 능히 살폈더니 궁인들이 경복하지 않음이 없었습니다.

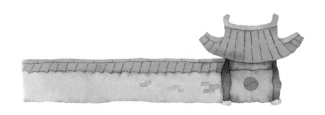

서궁으로 옮긴 뒤부터 거문고와 책에만 전념하여 조예가 더욱 깊어져 문사들이 지은 시는 하나도 눈에 걸리는 것이 없었습니다.

남자가 되어 출세하여 이름을 세상에 떨치지 못하고 오직 팔자 사나운 몸이 되어 한번 궁 안에 갇히고는 마침내 시들게 되는 것이 안타까울 따름입니다.

죽은 후에는 누가 알아주겠습니까. 한은 마음을 얽고 원은 가슴을 누르기에, 번번이 수놓기를 그치고 마음을 등불에 붙이며 깁짜기를 그만두고 북을 던지고 베틀에서 내려와 비단 휘장을 찢어 버리고 옥비녀를 꺾어 버리고 잠시 흥취를 얻습니다.

그리고 모든 것에서 벗어나 산책을 하면서 섬돌의 꽃을 꺾어 떨어지게 하고 뜰의 풀을 손으로 뜯어 버리니, 미친 것 같았으나 스스로 억제하지 못하였습니다.

지난 가을 달 밝은 밤에 낭군님의 얼굴과 거동을 한번 보고는 마음속으로 하늘의 신선이 인간 세상에 귀양 왔는가 여겼습니다.

저의 얼굴이 열 명 중에서 가장 못났는데도 어떤 전생의 인연이 있었는지 붓끝의 먹물 한 점이 마침내 가슴속에 원한을 맺는 실마리가 되었으니, 주렴 사이로 바라봄으로써 상소의 인연이 될까 하고 헤아려 보았으며, 꿈속에서 만나봄으로써 장차 잊을 수 없는 사랑을 이어 볼까 하였답니다.

비록 한 번도 이불 속의 즐거움은 없사오나 옥 같은 낭군님의 얼굴이 눈앞에 아롱거려 배꽃에서 우는 두견새의 울음과 오동잎에 떨어지는 빗소리는 슬퍼서 차마 들을 수 없었으며, 봄이 되어 뜰 앞에 가는 풀이 나오는 것과 가을이 되어 하늘로 날아가는 외기러기는 처량하여 차마 볼 수 없었습니다.

혹은 병풍에 기대어 서서 가슴을 치고 발을 구르면서 푸른 하늘에 홀로 하소연할 뿐입니다.

낭군님도 저를 생각하고 있는지요? 다만 한스러운

것은 낭군님을 보기 전에 죽으면 땅이 늙고 하늘이 거칠어져도 정만은 사라지지 않으리이다.

 마침 오늘 빨래 가는 행차에 양궁의 시녀들이 모두 모여 있는 까닭으로 여기에 오래 머무를 수 없습니다. 눈물은 먹물에 화하고 넋은 비단실에 맺혔으니, 엎드려 원하건대 낭군님께서는 한번 보아 주옵소서. 또한 졸귀로서 삼가 답합니다.'

그 글은 애가 타서 마음속 깊이 상심하는 글이고, 그 시는 상사(想思)의 시였습니다.

그날 저녁에 자란이 저와 같이 먼저 나와서 동문 밖을 향하고 있는데, 소옥이 웃으면서 절귀 한 수를 지어서 주었는데 저를 희롱하는 뜻이 없지 않았습니다.

저는 마음속으로 부끄러이 여겼으나 참고 그 시를 보니 이러했습니다.

태을사 앞 물 한번 돌아
천단에 구름 흩어지고 옥황문이 열리네
가는 허리에 몰아치는 바람을 이기지 못하여
잠시 숲 속에서 피하였다가 날이 저물어 돌아오네

자란이 곧 시를 지었고 비취와 옥녀도 서로 이어서
시를 지으니, 또한 다 저를 놀리는 내용이었습니다.
제가 말을 타고 무녀의 집에 가 보니 진사님은 종
일 울어 넋을 잃고 실성하여 제가 온 것도 알지 못
하는 것 같았습니다.
저는 왼손에 차고 있던 운남의 옥색 금환을 풀어서
진사님의 품속에 넣어 주며 말했습니다.
"낭군님께서는 저에게 인정이 없다 하지 않으시고
귀한 몸을 굽혀 더러운 집에 와서 기다리셨습니다.
제가 비록 어리석으나 목석은 아니오니 감히 죽음
으로써 허락하리다. 제 말에 대한 약속의 표시로
금환을 드리겠습니다."
하고는 갈 길이 바빠 일어나 작별을 고하니 흐르는

눈물이 비와 같았습니다.

제가 진사님의 귀에 대고 말하였습니다.

"제가 서궁에 있으니 낭군님께서 서쪽 담을 넘어 들어오시면, 삼생(三生, 전생, 현생, 내생)에서 미진한 인연을 이을 수 있을 것입니다."

말을 마치고는 황급히 나와서 먼저 궁문을 들어오니, 여덟 사람도 뒤따라 들어왔습니다.

그날 밤, 소옥이 비경과 함께 촛불을 밝히고 서궁으로 와서 말하였습니다.

"낮에 읊은 시는 그런 뜻이 아니었는데 결국 희롱하는 말이 되고 말았구나. 그래서 시간이 늦었는데도 일부러 찾아와서 사과하는 거야."

자란이 받아서 말하였습니다.

"다섯 사람의 시는 다 남궁에서 나오지 않았니. 한 번 궁을 나눈 뒤부터는 자못 형적이 있어 당시에 우리의 당쟁과 같은 것이 있으나 어찌 그러한 일을 하리오.

여자의 정은 하나라 오래도록 궁 안에 갇히어 외그림자만 바라 보니, 대하는 것은 거문고 타고 노래 부르는 것뿐이요 백화는 꽃송이를 머금고 웃고 있으며 쌍제비는 날개를 바꾸면서 즐기고 있으나, 박명한 우리는 모두 궁 안에 갇히어 사물을 볼 때마다 봄을 생각하니 그 심정이 오죽하겠는가!

아침에는 구름이 되고 저녁에는 비가 된다는 무산의 신녀는 자주 초왕의 꿈에 들어갔으며 왕모 선녀는 요대의 잔치에 여러 번 참여하였다지?

여자의 뜻은 다름이 없는데 남궁 사람들은 어째서 홀로 항아와 같이 정절을 굳게 지키면서 영약을 도적질하고 있음을 뉘우치지 않는 거야?"

비경과 옥녀는 눈물을 막지 못하고 말하였습니다.

"한 사람의 마음은 곧 보는 사람의 마음이기 때문에 이제 성교(盛敎)를 들으니 슬픈 회포가 유연히 일어나는구나."

그러면서 일어나 갔습니다.

제가 자란을 보며 말하였습니다.

"오늘 저녁에는 진사님과 꼭 지켜야 할 약속이 있어. 만약 오늘 오시지 않으면 내일 반드시 담을 넘어 오실 거야. 오시면 어떻게 대접할까?"

"수놓은 휘장이 겹겹이 둘러 있고 비단 방석이 찬란하며, 술은 강물과 같이 있고 고기는 언덕과 같이 있으니, 안 오시면 그만이고 오시면 대접하기가 무엇이 어렵겠니?"

그날 밤 진사님은 오시지 않았습니다.

진사님이 가만히 그곳을 돌아보니, 담이 높고 험준하여 넘지 못하고 돌아와서 근심하고 있는데 특이라고 하는 한 종복이 이것을 알고는 진사님을 위해 사다리를 만들어 주었습니다. 그것은 매우 가볍고 거두었다 폈다 할 수 있어 아주 편리하였다고 합니다. 그날 밤 궁으로 가려고 할 때 특이가 품안에서 털옷과 가죽신을 꺼내 주면서 말했답니다.

"이것을 신으면 넘어가기가 수월할 것입니다."

마침내 진사님이 담을 넘어 숲속에 엎드리니 달빛이 밝게 비치더랍니다.

조금 있다가 사람이 안에서 나오더니 웃으면서 말하였습니다.

"이리 나오소서. 이리 나오소서."

진사님이 나아가 인사를 하자 자란이 진사님을 모시고 바로 들어왔지요.

"나이 어린 사람이 풍류의 흥취를 이기지 못하여 만사를 무릅쓰고 감히 여기에 들어왔사오니 엎드려 바라건대 낭자께서는 나를 불쌍히 여겨 주옵소서!"

자란이 말하였습니다.

"진사님이 오시기를 손꼽아 기다렸는데 이제야 뵈옵게 되어 저희도 한시름 놓았습니다."

진사님이 계단을 지나 들어오실 때, 저는 사창문을 열어 놓고 동물 모양의 금화로에 향을 피우고 유리

같은 서안(書案)에다 〈태평광기〉 한 권을 펴 들고
있다가, 진사님이 오는 것을 보고 일어나 맞이하였
습니다. 제가 일어나 절을 하니 진사님도 답례를
하였습니다.

자란이 준비해 준 진수성찬을 차려 놓고 자하주를
따라 권하니 석 잔을 마시고 진사님은 좀 취한 듯
이 말하였습니다.

"밤이 얼마나 깊었습니까?"

자란이 마침 그 뜻을 알고는 휘장을 드리우고 문을
닫고 나갔습니다.

제가 등불을 끄고 잠자리에 드니 그 즐거움은 말
안 해도 알 것입니다. 밤은 이미 새벽이 되고 그
기쁨은 날이 새기를 재촉하기에 진사님은 바로 일
어나 돌아가셨습니다.

이후부터는 하루도 빠짐없이 어두울 때에 궁으로
들어와 새벽에 돌아가셨습니다.

사랑은 깊어 가고 정은 점점 두터워져 스스로 그칠
때를 알지 못하였지요.

그러던 중 궁궐 담 안의 눈 위에 발자취가 남았습
니다. 궁인들은 모두 그 출입을 알고 위험하다고
했습니다.

하루는 진사님이 좋은 일의 끝이 화가 될까 두려워 근심하고 있는데 특이 들어와 물었습니다.

"저의 공이 매우 컸는데 상을 논하지 않으시니 옳은 일이 아니옵니다!"

"내, 마음속에 새겨 두고 있으니 조만간 상을 후하게 내리리라."

"진사님의 얼굴빛을 보니 근심이 있는 것 같습니다. 무슨 일 있습니까?"

"보지 못하면 병이 마음과 골수에 들고, 보면 헤아릴 수 없이 큰 죄가 되니 어찌 근심하지 않겠느냐?"

"그러면 어찌하여 남 몰래 업고 멀리 도망가지 않으십니까?"

특의 말을 들은 진사님은 그렇게 하기로 작정하고 그날 밤에 특의 계획을 저에게 말하였습니다.

"특이 비록 노비지만 본래부터 꾀가 많아, 이런 계획을 짰는데 어떠하오?"

저는 진사님의 말을 다 듣고 허락하였습니다.

"저의 부모님과 대군께서 주신 의복과 보화가 많은

데, 이 물건들을 버리고는 갈 수 없으니 어떻게 하면 좋을까요? 말 열 필이 있더라도 다 운반할 수 없습니다."

진사님이 돌아가서 특에게 말하니, 그는 크게 기뻐하며 말하였습니다.

"무엇이 어렵습니까? 저의 벗이 이십여 명 있는데, 그들에게 운반하도록 하면 태산도 옮길 수 있을 것입니다."

저의 귀중한 물건들을 밤마다 정리하여 이레 만에 바깥으로 운반하는 것을 마치고 나니 특이 말하였습니다.

"이것들 가운데 보화는 산중에다 구덩이를 파고 깊이 묻어 두는 것이 좋을 것 같습니다."

"만약 잃게 되면 나와 너는 도적이라는 이름을 면하기가 어려울 것이니, 조심해서 지켜라!"

그런데 특의 뜻은 이 보화를 얻은 후에 저와 진사님을 산골짜기로 끌고 들어가서 진사님을 죽이고,

저와 재물을 차지하려는 계
획이었습니다.
그러나 진사님은 그 사실을
전혀 알지 못하였습니다.

하루는 진사님이 들어와 저에게 말하였습니다.
"도망가는 것이 좋겠소. 어제 내가 지은 시 때문에
대군이 의심을 품고 있으니 더 이상 지체하지 말고
오늘 밤에 도망가야겠소."
"지난밤 꿈에 한 사람을 보았는데 얼굴이 흉악하고
'모돈 단우'라 하면서 말하기를 '이미 약속한 것이
있어 장성 아래서 오래도록 기다렸노라' 하기에 깜
짝 놀라 깨어 일어났습니다. 꿈이 상서롭지 않으니
낭군님도 다시 생각해 보세요."
"꿈은 허망한데 그걸 어찌 믿을 수 있겠소?"
"장성이라고 말한 것은 궁궐이며, 모돈이라고 말한
것은 특인 듯한데, 낭군님은 그 노복의 마음을 잘
알고 계신지요?"

"그놈은 원래 미련하고 음흉하지만 지금까지 나에게 충성을 다하였고, 낭자와 좋은 인연을 맺게 한 것도 다 그놈의 계교요. 그런 그가 어찌 그런 악한 일을 하겠소?"

"낭군님의 말씀을 어찌 감히 거역하리오마는 자란과 나의 정이 형제와 같으니 이를 말하지 않을 수 없습니다."

곧 자란을 불러 진사님의 계획을 말하였더니 자란이 크게 놀라 꾸짖으며 말하였습니다.

"서로 즐거워 한 지가 오래되었는데 어찌 스스로 화를 부르려 하니? 한두 달 동안 서로 만난 것도 모자라 담을 넘어 도망치는 일을 어찌 사람으로서 차마 할 수 있으리요?

대군이 뜻을 기울인 지 이미 오래되었으니 도망갈 수 없음이 그 하나요, 부인이 근심해 주시고 사랑해 주심이 지극하였으니 도망가지 못함이 그 둘째요, 화가 부모님에게 미칠 것이니 도망할 수 없음이 그 셋째요, 죄가 서궁에 미칠 것이니 도망할 수 없음이 그 넷째라.

또한 천지는 한 그
물 속인데 하늘로 올라
가거나 땅으로 들어가지 않는
이상 도망간들 어디로 갈 수 있겠니?

만약 잡히면 어찌 그 화가 너에게만 미치겠느냐.

꿈이 상서롭지 않은 것은 그만두고라도 만약 길하
다면 네가 기쁘게 가겠느냐. 마음을 굽히고 뜻을
누르고서 정절을 지켜 평안히 있으면서 하늘의 도
리를 듣는 것이 나을 것이야.

너의 얼굴이 좀 쇠하면 대군의 사랑도 풀어질 것이
니, 상황을 보아 병이라 하고 누워 있으면 반드시
고향으로 돌아가도록 허락해 주실 거야.

그때 낭군과 함께 손잡고 돌아가서 해로하는 것이
좋지 않겠니? 사람은 속일 수 있으나 감히 하늘을
속일 수는 없어."

진사님은 일이 이루어지지 못할 것을 알고는 한탄
하면서 눈물을 머금고 나가셨습니다.

하루는 대군이 서궁 수헌에 앉아 계시다가 철쭉꽃이 만발한 것을 보시고, 궁녀에게 명하여 오언절구를 지어 올리게 하여, 보시고는 칭찬하며 말씀하셨습니다.

"너희의 글이 날로 좋아지니 내 매우 흡족하구나. 다만 운영의 시는 누군가를 그리워하는 것 같으니 네가 따라가고자 하는 사람이 어떠한 사람이냐? 김 진사의 글에도 의심할 만한 대목이 있었는데, 혹시 김 진사를 생각하고 있는 것이냐?"

저는 즉시 뜰에 내려가 머리를 땅에 대고 울면서 고하였습니다.

"대군의 뜻을 어기고는 곧바로 죽고자 했으나, 나이가 아직 스무 살이 안 되었고, 또 부모님을 보지 못하고 죽으면 구천에 가서도 한이 될 것 같아 삶을 도둑질하여 여기까지 이르렀습니다. 이제 대군께서 제 마음을 의심하시니 어찌 죽는 것을 애석하게 여기겠습니까?

그러고는 바로 비단 수건으로 난간에 목을 매었습니다.

그러자 대군이 크게 노하였으나 마음속으로 정말로 죽이고 싶지 않았는지 자란을 시켜 죽지 못하게 하고는, 흰 비단 다섯 필을 내어 다섯 사람에게 나누어 주면서 말씀하셨습니다.

"가장 잘 짓는 사람에겐 상을 주겠노라."

이러한 후부터 진사님은 다시는 오지 않으시고, 문을 닫고 그만 병이 되어 눈물을 이불과 베개에 흘리고 목숨은 가는 실오리와 같으니, 특이 와서 보고는 말하였습니다.

"대장부 죽으면 죽었지, 어찌 참지 못하고 아녀자처럼 상심하여 스스로 천금같은 귀한 몸을 버리려고 하십니까?

밤이 깊으면 담을 넘어 들어가 솜으로 입을 막고 업고 뛰어나오면 누가 저를 감히 따라오겠습니까?"

"그것도 위험하니, 정성을 다하여 다시 물어 보는 것이 낫겠다."

진사님이 그날 밤 들어오셨으나 저는 병이 들어 일어나지 못하고, 자란에게 맞이하도록 하였습니다.

술 석 잔을 권하고는 제가 편지를 주면서 말하였지요.

"이후로는 다시 볼 수 없을 것이니, 삼생의 인연과 백년가약이 오늘 밤으로 다한 것 같습니다. 만약 하늘의 인연이 끊어지지 않았다면 구천에서 다시 만나겠지요."

진사님은 편지를 받고는 우두커니 서서 저를 한없이 바라보다가 가슴을 치고 눈물을 흘리면서 나갔습니다.

자란이 처량하여 차마 볼 수 없어 기둥에 기대어 몸을 숨기고 눈물을 흘리면서 서 있었습니다.

진사님이 집에 돌아가서 편지를 뜯어보니, 그 사연은 이러하였습니다.

'박명한 운영은 두 번 절하고 아뢰옵니다. 제가 비박한 자질로서 불행히 낭군님의 뜻한 바와 같이 서로 정을 맺어 며칠 동안 몇 시간씩이나마 그날 밤의 즐거움을 나누었을 뿐, 바다같이 깊은 정은 다하지 못하였습니다.

좋은 일에는 조물주의 시기함이 많습니다. 궁인이 알고 대군이 의심하시어, 화가 닥쳤으니 부디 낭군님께서는 작별한 뒤 저를 가슴에 품지 마시고 공부에 전념하시어 과거에 급제하여 벼슬길에 오르시고, 후세에 이름을 날리시어 부모님을 기쁘게 하십시오.

제 의복과 보화는 다 팔아서 부처님께 바치시어 여러 가지로 기도하시고 정성을 다하여 소원을 빌어 삼생의 미진한 연분을 후세에서나 다시 잇게 하여 주시면 좋겠습니다.'

진사님이 다 보지도 못하고 기절하여 땅에 넘어지니 사람들이 급히 뛰어나와 구하여 깨어났습니다. 특이 바깥에서 들어와 물었습니다.

"궁인이 무슨 말을 하였기에 이렇듯 죽으려고 하십니까?"

진사님은 다른 말은 하지 않고 다만 한 가지만 물었습니다.

"재물은 네가 잘 지키고 있느냐? 내 장차 모두 팔아서 지난날 무녀의 집에서 부처님께 한 약속을 지킬 것이다."

특이 집으로 돌아와서 생각하였습니다.

'궁녀가 나오지 않으니 그 재물은 모두 나의 것이 되겠지.'

그러면서 벽을 향하여 남 몰래 웃었으나 사람들은 까닭을 알 수 없었습니다.

며칠 후 특이 자신의 옷을 찢고 코를 쳐서 피가 흐르게 하여 온몸을 더럽히고, 머리를 흩뜨리고는 진사님 앞에 맨발로 달려들어 와서는 뜰에 엎드려 울면서 말하였습니다.

"이 몸이 산중을 지키다가 수많은 도적들에게 습격을 받았습니다. 그래서 목숨 걸고 도망쳐 왔습니다! 만약 그 보화가 아니라면 어찌 이와 같은 위험이 있으리까?"

그러고는 발로 땅을 구르고 주먹으로 가슴을 치면서 통곡을 하므로, 진사님은 부모님이 알까 봐 두려워 따뜻한 말로 위로하여 보냈습니다.

얼마 후 진사님은 특의 거짓 소행을 알게 되어 노복 십여 명을 거느리고 가서 불시에 그 집을 둘러싸고 수색을 하니, 금팔찌 한 쌍과 운남보경 하나가 있을 뿐이었습니다.

그것을 장물로 삼아 관가에 고소하여 찾아내려고 했지만 모든 일이 누설될까 봐 두렵고, 만일 그 재물을 얻지 못하면 부처님에게 바칠 수가 없고, 특을 죽이려고 하나 힘으로 누를 수도 없어 입을 다물고 조용히 있었습니다.

특은 스스로 자신의 죄를 알고 궁장 밖에 있는 소경에게 가서 물어보았습니다.

"내가 며칠 전 새벽에 이 궁장 밖을 지나가다가 어떤 사람이 담을 넘어 나와서, 도둑인 줄 알고 큰 소리를 치면서 뒤를 쫓아갔더니 그놈이 가지고 있는 물건을 버리고 달아나기에 주워 가지고 돌아와서 임자가 오기를 기다리고 있었습니다.

그런데 우리 주인이 방에서 무엇을 찾다가 내가 물건을 주워 왔다는 말을 듣고 와서는 잃은 물건을 찾으니, 내가 다른 재물은 없고 팔찌와 거울 두 개를 얻었다고 하였으나 주인이 두 물건을 얻고도 마음에 차지 않아 나머지를 계속 찾았습니다. 그러고는 나를 죽이고자 하니 달아나면 길하겠습니까?"

"길하겠소!"
옆에 있던 사람들이 듣고는 특을 보고 말하였습니다.

"너의 주인은 어떠한 사람인데 노복을 학대하느냐?"
"우리 주인은 나이가 어리지만 조만간 당당히 급제할 것입니다. 그러나 욕심이 지나치게 많아 다음에 조정에 섰을 때 마음 쓰는 것을 짐작할 수 있지요."
이 말이 전파되어 궁중에 들어가고 궁인이 대군에게 고하니, 대군이 크게 화를 내고는 남궁사람들에게 서궁을 뒤지게 하였습니다.
그래서 제 의복과 보화가 모두 없어진 것을 알고, 대군이 서궁 궁녀 다섯 명을 뜰에 불러 놓고 형장을 엄하게 차리고는 명령을 내리셨습니다.
"이 다섯 명을 모두 죽여서 다른 사람에게 본을 보여라!"
하고는 집행인에게 명하셨습니다.
"곤장의 수를 헤아리지 말고 죽을 때까지 치렷다!"

그러자 다섯 궁녀가 호소하였습니다.

"바라건대 말이나 한번 하고 죽게 해 주십시오!"

"하고 싶은 말이 무엇이냐? 그 사정을 다 말해 보아라."

은섬이 글을 올리자 대군이 보고 나더니 노여움이 좀 풀리는 것 같았습니다.

'남녀의 정욕은 음양의 이치에서 받은 것이므로 귀천을 막론하고 사람은 누구나 다 가지고 있습니다. 한번 궁 안에 갇히자 외로운 몸이 되어 꽃을 봐도 눈물을 가리며 달을 대하여도 넋을 잃으니, 매화나무에 앉은 꾀꼬리로 하여금 짝을 지어 날지 못하게 함이며, 발 사이에 드나드는 제비로 하여금 양소를 얻지 못하게 하는 것이옵니다.

이것은 스스로 정욕의 뜻을 이기지 못하는 것이며, 또한 투기의 정을 이기지 못해서 그러할 뿐이오니 어찌 슬프지 않겠습니까?

한번 궁을 넘어가면 인간의 낙을 알 수 있으며 또한 금석의 즐거움도 알 수 있으나, 오래도록 궁 안

에 갇히어 이와 같은 일을 하지 못하고 있사오니 어찌 저희의 힘으로 능히 할 수 있으며 또 마음으로 억제할 수 있겠습니까?

오직 대군님의 위엄이 두려워서 이 마음을 굳게 지키고 있다가 시들어 죽을 뿐이옵니다.

궁중에서 범한 죄가 없는데도 죽을 땅에 두고자 하오니, 어찌 원통하지 않겠습니까?

저희는 죽어도 구천에서 눈감을 수 없을 것입니다.'

다음으로 비취가 글을 올렸습니다.

'대군께서 사랑해 주시는 은혜는 산보다 높고 큰 강과 바다보다 깊은데 어찌 감동하지 않을 수 있겠습니까?

저희가 대군님의 깊은 은혜에 감사하고는 홀로 궁 안에 거처하면서 달 밝은 가을 밤과 꽃피는 봄날에도 이 뜻을 변치 않고 오직 시 짓기와 서화를 하고 거문고를 타고 노래 부르는 일에 종사하고 있는데, 이제 씻을 수 없는 오명이 서궁에 미치고 말았으니 어찌 원통하지 않겠습니까?

살아도 죽은 것만 같지 못하옵니다. 오직 엎드려 바라건대 빨리 죽을 땅으로 나아가게 하여 주옵소서.'

세 번째로 자란이 글을 올렸습니다. 그 내용은 이러했습니다.

'오늘 일은 죄를 헤아릴 수 없는데 마음속에 품고 있는 것을 어찌 숨겨 두겠습니까?

저희는 여항의 미천한 계집으로 아버지가 대순(大舜, 순임금을 높여 이르는 말)이 아니고 어머니가 이비(순임금의 두 아내)가 아닌데, 남녀간의 정욕이 어찌 저희에게만 없겠습니까?

하늘의 아들 주나라 목왕(穆王)도 궁궐 안의 즐거움을 생각하였고, 항우(項羽) 같은 영웅도 큰 강과 바다의 눈물을 금치 못하였으며, 당현종(唐玄宗) 같은 슬기로운 임금도 마외(馬嵬)의 한을 생각하였는데, 대군께서는 어찌하여 운영에게만 홀로 운우의 정이 없다고 할 수 있겠습니까?

김생은 당대의 단정한 선비로, 내당으로 끌어들인

것도 대군께서 하신 일이오며, 운영에게 명하여 벼루를 받들게 한 것도 대군의 명령이었습니다.

운영이 오래도록 궁 안에 갇히어 있으면서 달 밝은 가을 밤, 꽃피는 봄날이면 더욱 마음이 상하였고, 오동잎이 떨어지는 밤비에 몇 번이나 애를 끊다가, 호방하고 의협심이 있는 남성을 보고 나서는 넋을 잃고 실성하여 병이 골수에 사무쳐서는 비록 죽지 않는 약과 월나라 명의의 손으로도 효력을 보기가 어렵게 되었습니다.

그러니 하루 저녁에 아침 이슬과 같이 죽어버리면 대군께서 비록 측은한 마음이 있어 돌보고자 한들 무슨 소용이 있겠습니까?

저의 어리석은 생각으로는 김생과 운영을 만나게 하여 두 사람의 원한을 풀어 주신다면 그것보다 더 큰 은혜가 없겠습니다.

운영이 절개를 지키지 못한 죄는 저에게 있습니다. 운영은 죄가 없으니 부디 저를

죽이시고 운영의 목숨을 살려 주시옵소서!'

네 번째로 옥녀가 글을 올렸습니다.

'서궁의 영광을 저도 같이하였는데 서궁의 액운을
저만이 면할 수 있겠습니까? 곤강(崑崗)도 같이 타
고 옥석(玉石)도 같이 타는데, 오늘의 죽음은 그 죽
을 이유를 얻었사오니, 죽어도 여한이 없겠습니다.'

끝으로 제가 글을 올렸습니다.

'대군님의 은혜는 산과 같고 바다와 같은데 정절을
지키지 못하였사옵고, 그동안 지은 시에서 대군님
에게 의심을 보이고도 끝내 바로 아뢰지 못하였사
옵니다. 또 죄 없는 서궁 사람들이 저 때문에 죄를
받게 되었사오니 그 죄가 큽니다.

이와 같은 큰 죄를 셋이나 짓고 산들 무슨 면목으
로 살며, 만약 죽음을 면하여 주신다 하더라도 저
는 마땅히 자결하여 처분을 기다리겠습니다.'

대군은 자란의 글을 다시 한번 보시더니 노여움이
좀 풀리는 것 같으므로 소옥이 꿇어앉아 울면서 아
뢰었습니다.

"전날 빨래하러 갈 때 성 안으로 가지 말자고 한
것은 제 의견이었으나, 자란이 밤에 남궁으로 와서
매우 간절히 청하기에 제가 그 뜻을 안타까이 여겨
다른 궁녀들의 뜻을 물리치고 따랐사옵니다.
운영이 절개를 지키지 못한 죄는 저에게 있사옵니
다. 운영은 죄가 없으니 저를 죽이시고 운영의 목

숨을 살려 주옵소서."
그 말에 대군의 노여움이 조금 풀어져 저를 별당에
가두고 다른 궁녀들은 다 돌려보냈습니다.
그러나 그날 밤 저는 비단 수건으로 목을 매어 죽
었습니다.

진사는 붓을 잡아 기록하고 운영은 옛일을 이야기
하는데 마치 바로 앞에서 보는 듯이 매우 상세하였
다. 두 사람은 마주 보고 슬픔을 억제하지 못하다
가 운영이 진사를 보고 말하였다.

"이후부터 다음 이야기는 낭군님께서 하옵소서."

그러자 진사가 이야기를 하기 시작하였다.

운영이 자결한 후 모든 궁인들이
통곡하지 않는 사람이 없었습
니다. 그들의 곡성은 궁문 밖
에까지 사무쳤습니다.

저 또한 듣고서 오랫동안 기절
하여 있었습니다. 사람들이 발상할
준비를 하고 있던 해질 무렵에서야 겨우 깨어나 정
신을 차리고 스스로 생각해 보니, 모든 일이 이미
끝난 것 같았습니다.

운영이 죽기 전에 불공을 부탁한 약속도 있고, 구
천의 영혼을 위로해 주고자 그 금팔찌와 보경 및

문방제구를 다 팔아 가지고 쌀 사십 석을 사서 청
녕사로 보내어 재를 올리려고 하였으나, 믿을 만한
사람이 없어 생각다 못하여 다시 특을 불러 말하였
습니다.

"너의 전날 죄를 전부 용서해 줄 것이니, 지금부터
나를 위하여 충성을 다하겠느냐?"

특이 엎드려 울면서 대답하였습니다.

"제가 비록 어리석고 성격이 사나우나 목석은 아닙
니다. 한번 지은 죄를 머리카락을 뽑아 세어도 헤
아리기가 어려운 것을 자비로운 마음으로 용서하여
주시니 이것은 죽은 나무에 잎이 나고 흰 뼈에 살
이 붙는 것과 같사온데 어찌 진사님을 위하여 죽음
을 다하지 아니하겠사옵니까?"

"내가 운영을 위하여 초례(혼례 의식)를 베풀고 불
공을 드려 소원을 빌려고 하나 믿을 만한 사람이
없구나. 내가 가지 잃겠느냐?"

"분부를 받들겠사옵니다!"

하고서는 특이 즉시 절에 올라가서 사흘을 궁둥이

를 두드리면서 누워 놀다가 스님을 불러 말하였습니다.

"쌀 사십 석을 어디에 쓰겠소? 모두 부처님에게 바치겠는가? 오늘은 술과 고기를 많이 장만해 놓고 오가는 손을 불러 먹이는 것이 좋겠소."

그러고는 지나가는 마을 여인을 강제로 끌고 들어와 놀면서, 절에서 수십 일을 지내고도 재를 올릴 생각을 하지 않았습니다. 그러자 스님이 분개하여 초례날에 특에게 말하였습니다.

"불공하는 일은 시주가 중요한데 시주가 이와 같이 불결하여 일이 극히 안됐지만, 저 맑은 시내에 가서 몸을 깨끗이 하고 예를 갖추는 것이 좋겠소."

특은 할 수 없이 냇가에 가서 풍덩 몸을 담그고 들어와서, 부처님 앞에 꿇어앉아서 비는 것이 가히 기가 막힌 것이었습니다.

"진사는 오늘 빨리 죽고 운영은 내일 다시 살아나 특의 짝이 되게 하여 주소서."

특이 사흘을 밤낮으로 소원하는 말이 오직 이것뿐이었습니다.

특이 돌아와서 저에게 말하였습니다.

"운영 아씨는 반드시 살 것입니다. 재를 올리는 날 밤에 제 꿈에 나타나서 '지성으로 빌어 주시니 감사한 마음 다할 수 없다'고 하면서 절을 하고 울었습니다. 스님들의 꿈도 그러하였다 하옵니다."

저는 그 말을 믿고 있었습니다.

그러다가 비록 과거에 나아갈 뜻은 없었으나, 공부를 하려고 청녕사에 올라가 며칠 묵는 동안, 특이 한 일들을 스님에게서 듣고는 그 분함을 이기지 못하였습니다.

그리하여 목욕재계하고 부처님 앞에 나아가 절을 하고 머리를 땅에 대고 향불을 사르면서 합장하고 빌었습니다.

"운영이 죽을 때 한 약속이 하도 처량하여 차마 저

버릴 수 없어 특에게 지성으로 재를 올려 명복을 빌게 하였습니다.

그런데 특이 축언한 말을 들어보니 도리에 어긋나고 흉악함을 이루 말할 수 없어 운영의 유언이 부질없는 것이 되었습니다. 그러니 제가 감히 무슨 면목으로 발원하겠습니까?

영험하신 부처님이시여, 운영을 다시 살아나게 하시어 제 짝이 되게 하여 주시고, 후세에 가서 운영과 저의 원통함을 면하게 하여 주시고, 또 부처님께서는 특을 죽여 철가를 입혀 지옥으로 보내 주시옵소서.

부처님께서 이 소원을 들어주신다면, 운영은 십이 층의 금탑을 짓고 이 몸은 세 대찰을 지어 부처님의 은혜를 갚겠습니다."

발원을 마치고 일어나 머리가 땅에 닿도록 수없이 절을 하고 나왔습니다. 그랬더니 이레 만에 특이 우물에 빠져 죽었습니다.

이 후부터 저는 세상 일에 뜻이 없어 새 옷을 갈아

입고 고요한 곳에 누워 나흘을 먹지 않고, 한번 깊이 탄식하고는 다시 오지 못할 길을 향하여 갔습니다.

김생이 여기까지 적고 붓을 던지고는, 두 사람은 마주 보고 슬피 울면서 그칠 줄을 몰랐다.

유영이 위로하면서 말하였다.

"두 사람이 다시 만났으니 소원이 없겠소. 원수의 노복이 이미 없어졌고 통분함도 살아졌을 터인데 어찌 이같이 슬퍼하십니까? 다시 인간 세상에 태어나지 못하는 것을 슬퍼하시는 것입니까?"

김생은 눈물을 흘리면서 말하였다.

"우리 두 사람은 모두 원한을 품고 죽었지만, 지하의 낙이 인간의 낙보다 못하지 않는데 하물며 천상의 낙은 어떠하겠습니까? 그래서 인간 세계에 나가기를 원치 않습니다.

다만 오늘 저녁의 슬픔은, 대군이 돌아가시자 고궁

에 주인이 없어지고 까마귀와 새들이 슬피 울며 사람의 자취가 끊어져 슬퍼할 뿐이옵니다.

하물며 새로이 병화를 겪은 후로는 빛나던 집이 재가 되고 옥 같은 섬돌과 분 같은 담은 모두 무너지고, 오직 섬돌 위에 피어 있는 꽃만이 향기롭고 뜰에는 풀이 깔리어 봄빛을 자랑하여, 그 옛날의 모습이 바뀌지 않았다고 하지만, 사람의 일이 변하기 쉬운 것은 이와 같으니 이제 와서 옛일을 생각하니 어찌 슬프지 않겠습니까?"

"그러면 그대들은 천상의 사람인가?"

"우리 두 사람은 본래 천상 선인으로 오래도록 옥황상제를 모시고 있었습니다.

하루는 상제께서 태청궁에 앉아 우리에게 옥동산의 과실을 따오라 하기에 제가 반도를 많이 따와 가지고 운영이와 같이 먹다가 발각되고 진세에 적하되어 인간의 괴로움을 골고루 겪다가, 옥황께서 예전의 허물을 용서하자 삼청궁으로 올라가서 다시 옥황상제의 향안 앞에서 상제를 모시게 되었습니다.

돌아가는 도중에, 때를 틈타 바람의 수레를 타고 다시 진세의 옛날 놀던 곳을 찾아와 보았을 뿐이옵니다."

김생이 말하고는 눈물을 흘리면서 운영의 손을 잡고 다시 말하였다.

"바다가 마르고 돌이 불에 타 버린들 우리의 정은 식지 않을 것이요, 또 땅이 늙고 하늘이 거칠어져도 우리의 원한은 지우기 어려울 것입니다. 오늘 저녁에 존군(尊君)과 서로 만나 이와 같이 따뜻한 정을 나누었으니, 속세의 인연이 없으면 어찌 얻을 수 있겠습니까?

엎드려 바라건대 존군께서는 이 기록을 거두어 가지고 돌아가시어 후세에 전해 주시고, 경솔한 사람들의 입에 전하여 웃음거리가 되지 않도록 하여 주시면 다행으로 생각하겠습니다."

그러더니 김생은 취하여 운영의 몸에 기대어 시 한 수를 읊었다.

꽃 떨어진 궁 안에는 제비만 날아들고
봄빛은 예전 같건만 주인은 간곳없구나
중천에 솟은 달은 마음속 차고 찬데
아직 푸른 이슬은 우의를 안 적시었네

운영도 일어나 읊었다.

고궁의 고운 꽃은 봄빛을 새로 띠고
천년만년 우리 사랑 꿈마다 찾아오네
오늘 저녁 여기 와서 놀며 옛 자취 찾아보니
막을 수 없는 슬픈 눈물은 수건을 적시네

이때 유영도 취하여 잠깐 누워 있다가 산새 소리
에 깨어나니, 구름과 연기는 성 안에 가득하고 새
벽빛은 아직 멀었다. 사방을 살펴보아도 사람은 보
이지 않고 김생이 기록한 책만 있었다.
유영이 그 책을 소매에 넣고 돌아와 전한 것이 바
로 이 운영전이다.

깊고 깊은 궁 안에서 고운님 이별하니

하늘이 맺어 준 인연은 다하지 못하는데 뵈올 길 없네

꽃피는 봄날에 그 얼마나 울었던가

밤마다의 상봉은 꿈이지 참이 아니네

지나간 일은 허물어져 벌써 티끌이 되었도다

공연히 나를 울려 수건을 적시게 하는구나

국어과 선생님이 뽑은

한국문학읽기
한국고전읽기
세계문학읽기